坂口簾

鈴と桔梗

書肆山田

目次

鈴と桔梗

呼び子

尾根に出ると
誰かに呼びかけてみたくなる
そうして　たしかに答えられたと感ずることがある

やまびこ?
いいえ
やまびこなら　それはあなたの願望
それよりも　呼び子のことを語りましょう

言葉が言葉を呼ぶということは
なんと残酷なことでしょう
山で見失った仲間の名を呼ぶうちに
呼び子に答えられ
呼び負けたら命を失うと
夜通し呼び続けて
とうとう血を吐いて亡くなった木挽きの話を
あなたは聴いていませんか
それから
〽東の谷　ほうきき
〽西の谷　ほうきき
犬を呼び続けて行き倒れた猟師の話を

いまも呼び続けているかれらの声を
ときに　わたしたちは聴いてしまうのかも知れません
そのときわたしたちはきっと
言葉に殉じたかれらの魂の近くに立っているのです

尾根だけではありません
帆柱にとまった呼び子に呼びかけられ
この場合は
ついに呼び子を呼び落とした船頭の話を
わたしは聴いたことがあります

あなたも

呼び子の話を記憶しておこうとは思いませんか
なぜって
わたしたちも
いつか呼び子になって
この世界のどこかに棲み続けるにちがいない

鈴と桔梗——「翁」と「田植草紙」に和して

翁は鈴を持っていた
腰をかがめて地に振り
立ち止まって宙に振る
そこにいるものたちの声
乳色の緞帳の裾に
あたらしいひかりが呼び込まれる
〽今朝疾《と》うのこ鳥は　露にしょぼ濡れての
うらうらと鳴いて通る　露にしょぼ濡れての
寝肌惜しいに　夜明けの鳥はや鳴く
今朝の見参《げんぞう》　げにうらやかな殿んだ

時のきしみを聴きながら
翁は種をおろす
畦を踏む
腰の鈴が少し鳴る
耳を傾ける
それから再び
ももをあげ
畦を踏む
腰の鈴がまた鳴る
うずくまって耳を傾ける
〽昨日から今日まで吹くは何風
　恋風ならばしなやかに
　　なびけや　なびかで風にもまれな
　　落とさじ　桔梗のそらの露をば

露を漕ぎ分け帰るおのれの遠景
朝のくもりは
降ろうとてやら
照ろうがためのくもりやら

〽朝寝をせうよりは　起きて沖を見よやれ
五月《さつき》の左兵衛《さひょえ》が　朝船漕いだを見よやれ
五月《さつき》　五月雨《さみだれ》　寝乱れたらうもの
朝寝好みや　枕に朝日射すまで

礼文島紀行

人魚は、南の方の海にばかり棲んでゐるのではありません。北の海にも棲んでゐたのであります。　（小川未明「赤い蠟燭と人魚」）

黒い風呂敷を振るように
海が鳴る

うねりの谷間で
北の狼が耳を立てている

雲が割れる
冬のひかりが降って来る

丘にはいちめん　枯れ色のしとねが用意されているが
狼たちはそれは知らない

かれらはいっせいに立ち上がり
吠え
疾走し
岬の岸壁を駆けのぼらないではいられない

かれらは先を争う
冬の筋肉をいっぱいに開いて
岩を蹴る
抱き　はじかれ
白い静止画を描きながら
落下を飾り
虚空におのれを刻印しないではいられない

ところで
岬の丘に狼を見たものはいるか
丘に散るしぶきのなかに
かれらの夢を読み取ったものはいるか

先達てまでの花の季節を剝ぎ取られ
あらわになった曲線を恥じらうように
丘にはいちめん　枯れ色のしとねが用意されているが
それは
岩鼻を越え
かたちを失って倒れ込むものたちのためでなくて誰のためだったろう
そうでなければ
やがて六月
島いっぱいに花々が咲きほこる理由がない

子どもの頃わたしは
瀬戸内の波頭を
一列になって渡って行く菟《うさぎ》の群れを見たことがある
淤岐嶋《おきのしま》から氣多前《けたのさき》まで

和邇《わに》の背を数えながら渡って行った菟の話を聴いたこともある

危険を冒して
菟たちはなぜ海を渡るか
いま　北の島に立ち
あの菟たちが
来るべき季節のために
島々へ
花の種を運んでいたことを
たしかに信じることが出来る

菟は
南の海にばかり棲んでいるのではありません

北の海にも棲んでいるのであります

北の狼よ

天と地があった――二〇一一年三月一一日

天と地があった
生まれ　熟れ　重なって来た時間が
酷薄な既視感のなかで揺れていた
声が聴こえる
「見よ　古い日々はすっかり粘土板になってしまった」

かれは鳩を解き放した
鳩は一度はたち去ったがやがてもどって来た

次にかれは燕を解き放した
燕は一度はたち去ったがやがてもどって来た
次にかれは大烏を解き放した
大烏は一度はたち去ったがやがてもどって来た

どんな鳥を解き放しても結果は同じだった
それでかれは知った
このまま
鳥がオリーブの葉をくわえてもどる日を待つことは出来ない
鳥は
露出した粘土板におびえている

かれは

記憶のなかの
父祖たちの黒曜石の破片をとり出して
だまって研ぎはじめた

その石が彫り込んで来た伝承の物語を
かれは
くさびのように身体に埋め
誇り　そらんじていたが
しかしいまここに彫らなければならないのは
物語ではない

神話や
伝説や

昔話でない
この鳥たちのいまを語る
この鳥たちの心のかたち

くさび形の文字に釣り合う
透明な文体

鳥がまたもどって来た

かれはだまって研いでいる
あたらしい文体のために
かれはだまって研いでいる

舞踏師の受胎

舞踏師は地を踏む
舞踏師は空を仰ぐ

鳥が
虚空を彫っている
肢体を折り
羽根をふるわせ
種の記憶を追っている

舞踏師は着地する
舞踏師は回転する
渦になる
鳥が降りてくる

舞踏師は子を
やどしている
下腹部を打つ胎児の拍動が
突き上げているものは　なに
そこに来ているものは　なに
舞踏師は問うてみる
見知らぬが

しかし親しいかたち
虚空のかたち

父や母や
もっと先の
永遠に去ったはずのものらが
溶け入ってくるのが感じられる
溶け入って
充たされて
やがて
押し出されるようにして胎児は
この世へ生まれて来るだろう
未来へ

舞踏師は地を踏む
舞踏師は手を伸ばす
降りて来て
溶け入り
充ち
あふれ
時を超えるかたちへ

この山を越えると

山へ入ってみた。

この山を越えると祖父たちの住んでいた集落の裏手に下りるはずだった。使いを命じられた少年の足で十分楽しめる道だった。季節季節に果実があり、教えられた仕掛けで山鳥を獲ることが出来た。祖母の語る兎や猿の昔話に欠けていた描写のほとんどを少年はこの山中の実景で補った。

祖父母の年齢を超えた少年の前に道はなく、山は暮らしの場でなくなっていたが、引き返す気にはならなかった。倒木の下で、蚯蚓の背が、濡れながら、伸び、張り、縮み、皺み、ひかっていた。蔦蔓が、白い葉裏を振っていた。山は奏でている。

炭焼き小屋があったのはこのあたりだったか。

おとなたちが語っていた。

昔、炭焼きの夫婦がいた。屈強な男が来て手伝った。やがて連れ合いの腹がいこうなった。出来た子は親に似ず、谷川の蟹を食い、炭窯のやにを舐めるので、夫婦はこれを谷に棄てたと言う。子が自ら姿を隠したとも、子を探して母がしばしば谷を訪れたとも語ることがあったのは、不義よりも子棄てが事件になったからだろう。こうして炭焼きは小屋から去った。

おとなたちはまた、こうも語った。

昔、木挽き仲間が小屋に泊まっていると、夜中に蝶が飛んで来た。若い木挽きの口のあたりを舞うと見えたが、とつぜん若者は血を吹いた。舌を抜かれて死んでいた。また別の日に別の仲間が小屋に泊まった。夜中に女がやって来た。若い木挽きと口吸い合うと見えたが、翌朝若者は起きて来なかった。舌を抜かれて死んでいた。

「寂寥たる樹林の底に働く人々が、わが心と描き出すまぼろしの影」。祖父が言っていた。「うそ」と「まぼろし」に境はない。語り、聴く者がこれを疑わなかったなら、それは強い印象となって、人の行動を支配する。

尾根へ出た。斜面を下る。はじめの一歩が浮き石に乗ったので、石がいっせいに転がりだす。少年は待たれていた。石は石を呼び、砂煙をあげて消えて行く。あのあたりが昔の噴火口であったろう。

おとなたちはまた、こうも語った。
昔、盲目の六部に火口への道を下山の道と教えた者がいた。六部は、さまよい、行き暮れ、杖を立てて死んだ。杖は根付き、枝を張り、花をつけ、いまも谷にあると言う。杖桜。その木が特定できるわけではないが、「その木に向かって下りてはいけない」。

おとなたちはまた、こうも語った。

昔、ある夫婦に子どもが生まれた。小さいもんじゃ役に立たんから大きな人にしてくれ、と願をかけたら、子どもはぐんぐん大きくなって、まるで大人《おおひと》になってしまった。大人《おおひと》になったら着物はよけい大きなものをこさえなやれん、食べものはよけ要る、もう、まわりの者も食うものがないようになって、今度は大人《おおひと》をおらんようにせなやれんじゃないか、いうことになって、家に火をつけて焼き殺した。

「寂寥たる樹林の底」に暮らした人よ。語った人、聴いた人、そして語り継ごうと意志した人よ。

廃園

目覚めの遅い廃園に来てみると
熟成した時間の露を縫いながら
今日の最初のひかりが
不揃いな模様を描きかけているところだった

たとえば
かつて少年がハモニカを吹きに来た櫟の幹
熊笹に覆われていまは寄りかかることさえ出来ない

そこから見えた砂場
仙翁の朱の乱れるあたり
ブリキの如露が錆びた首を突き出している

時間はどこへも行きはしなかったし
誰にも使われていなかった
おかえり
わたしの視線を受けると
すべてのものはそう言って
ひかりのなかへ崩れ落ちる

わたしは
追われていることを確信する

髪をうしろに流し
フォークロアのなかの老婆のように
上半身だけで追って来る

ふり向くと
野性に帰った連翹の小道を
胸で漕ぎながら
朝の宗教家たちが一列になって通り過ぎて行った
すっかりかたちを変えた朝に向かって

記憶

子どもたちが遊びに来なくなったので
川は地表を流れることをやめたのだ
洗濯石のまわりで
おおばこが地下の水脈を探している
楊の藪に
石垣はまだ残っているのだろう
蜂が出入りしている

そこでは昔
かわらすずめが子育てをした
山から鬼が下りて来て
〽すずめ　すずめ　あ子見せて
　可愛いのう　だが　これには口がない
そう言って鬼はすずめの子を呑んだ
〽すずめ　すずめ　あ子見せて
　可愛いのう　だが　これには鼻がない
鬼は　ごんべり　また呑んだ

あの　鬼の　すみかは　いまは
下りて来るのは　顔なじみのこだまばかり

一度愛し　棄て去った土地を再び訪ね
無傷でいることは出来ない
変わらぬ土地を訪ねて喪失感をいだくのも
変わってしまった土地を訪ねて痕跡を探すのも
それは甘美な不在
ほんとうに不在であって欲しかった記憶が
立ち上がる

註

呼び子

参照した民話三話の概要は以下の通り。

木挽きが、はぐれた仲間を呼んでいると「呼び返し」に呼び返されるようになった。呼び負けたら死ぬと聴いていたので夜明けまで呼び続け、息が尽きかけたところへ仲間が帰ってきて一命を取り留めた。（島根県益田市匹見町で聴く。『島根県美濃郡匹見町昔話集』所収）

爺が犬を連れて獵に行く。「東の谷　ほうきき」と犬を追うと犬は東の谷に走り込んで獲物を獲ってくる（「ほうきき」は小動物を追うかけ声）。「西の谷　ほうきき」と追うと西の谷に走り込んで獲ってくる。隣の爺がその犬を借りて真似るが、「東の谷　ほうきき」と追うと左の足に噛みつかれ、「西の谷　ほうきき」と追うと右の足に噛みつかれる。（島根県出雲市大社町で聴く。『島根半島漁村民話集（Ⅰ）』所収）

帆柱の上から船頭に「なにを積んじょらあ（積んでいるか）」と問うものがある。船頭はあいまいに「さればえなあ（そうですねえ）」と答える。問いは繰り返される。船頭は同じ答えを繰り返す。問答は果てなく続き、明け方、呼び負けた魔物が甲板に落ちてきた。（島根県安来市植田町で聴く。『島根県安来市民話集』所収）

鈴と桔梗

引用の田植歌は引用順に「田植草紙」五番、三番、八番。『校本田植草紙（正・続）』により校定した。「そら」は方言で「上部」「てっぺん」の意。

礼文島紀行

参照した「古事記」（上巻）の原文は以下の通り。

菟答言、僕在淤岐嶋、雖欲度此地、無度因。故、欺海和邇言、吾與汝競、欲計族之多少。故、汝者随其族在悉率來、自此嶋至于氣多前、皆列伏度。爾吾蹈其上、走乍讀度。於是知與吾族孰多。如此言者、見欺而列伏之時、吾蹈其上、讀度來、今將下地時、吾云、汝者我見欺言竟、即伏最端和邇、捕我悉剝我衣服。因此泣患者、先行八十神之命以、誨告浴海鹽、當風伏。故、爲如教者、我身悉傷。……（倉野憲司校注・岩波文庫）

「黒い風呂敷を振る……」は小川未明「海」の「黒い風呂敷振るやうに／海が鳴る」によった。

天と地があった

「ギルガメシュ叙事詩」（矢島文夫訳）、「創世記」（関根正雄訳）を参照した。

舞踏師の受胎

黒田育世のインタビュー記事（聞き手・執筆は吉田純子、二〇一三年一一月二六日付「朝日新聞」所載）を参照した。

この山を越えると

参照した民話は以下によった。

「炭焼小屋」（島根県益田市匹見町で聴く。『島根県美濃郡匹見町昔話集』所収）

「舌抜き女」（島根県大田市三瓶町で聴く。『島根県三瓶山麓民話集』所収）

「大人（おおひと）」（島根県邑南町井原で聴く。『島根県邑智郡石見町民話集（Ⅱ）』所収）

第五連は柳田國男『山の人生』を参照した。

廃園

「フォークロアのなかの老婆」は都市伝説「肘かけババア」(テケテケ、トコトコとも)を参照した。

記憶

第二連は民話「かわらすずめのかたき討ち」(島根県奥出雲町馬木で聴く。『島根県仁多郡横田町馬木昔話集』所収)、第四連は小泉八雲「出雲再訪」(遠田勝訳)を参照した。

*

庭前

落葉を終え
樹が
樹形に物語を書き込んでいる

虚空は構造を与えられ
意味が充ちて来る

鳥は枝に来て
せわしく首をかしげ
たって行く

猫は立ち止まり
毛を立て
相槌を打って走り去る

風は梢に
感情を読み込んで通り過ぎる

やがて

この官能的な宇宙に星は降《ふ》り
饗宴に
庭はどよめくだろう

思索する植物

夏に向かって
枝をつめ
葉を茂らせてきた植物のふところを
風が
けっして通り抜けたりしないのは
そこに
厚い闇が育っているからにちがいない

闇
悔恨とか　怒りとか
あるいは寂寞とか
言葉でのぞくことの出来ない思索のかたまり
わたしたちは
それが育ってきたと同じだけの時間
傍らに立ち止まることが出来るだけだ

そんな朝
植物は
天へ
花開く

時空

透明に翅をふるわせていた告白も
律儀に腹腔を駆けあがっていた欲情も
何もかも引き渡して
昆虫は
路傍に横たわる

すると
颪は
空洞になった触角にやって来

少し奏でる

陰は
ゆっくりと胸郭のかたちをたしかめ
眼窩にたまる

そうして
昆虫は
たとえば
地を這う草の
そよぐ蔓先の
露が
時空を包みとる瞬間を見たりする

幼年期

おやまをかいてあげようか
かわをかいてあげようか
君は無造作にクレパスをとり
曲線をひく

山はいつもまるく閉じていた
川はいつもまるく閉じていた
山のなかには目があり

川のなかにも目があり
右目は少し大きく
左目はもう少し小さく
寄り添う姉妹のように
目はもちろんまるく閉じていた

君には
世界はまるく閉じている

君は
地が果てることなく向こうへ続いていることを知っていた
芹は用水路まで下りて摘まねばならぬことを知っていた
君は

空の深さを知っていた
夕方
太陽の矢が
飛ぶ物体を見出していちばん美しく照らすとき
見て　見て
と　わたしに教える瞬間を
君はけっして逃しはしなかった
それでも
君の描く空は
いつもまるく閉じていた
空のなかには目があった
右目は少し大きく
左目はもう少し小さく
寄り添う姉妹のように

君には
世界はまるく閉じている

空き地

書きとめられた番地を探して歩いていると
とつぜん
見覚えのある空き地に出ることがある

たとえば夏の日のひるさがり
空き地では
埋もれた記憶の水脈が
かすかな草の道をかたどっており

風や雲がそうするように
その上を通り過ぎるとき
少年のボールさえ
少し身をよじる

またある夏の日のひるさがり
わたしは
かくれんぼの麻畑にしゃがんで
見つけられる瞬間を待っていた
すると鬼よりもさきにやって来て
臀部から背腹部へ突き抜ける何か生き物
成人してからのわたしに無縁となったその感覚のために
わたしは遊びの向こうへ駆けださねばならなかった

またある夏の日のひるさがり
昨日まで鉱滓を運んでいた頭上のバケットが
底を開いたまま架線に宙吊りになっており
おとなたちの姿は見えなかった
世界は不安定に静かだったので
何かが終わり
何かがはじまったのだと分かった

見覚えのある空き地で
かすかな草の道を
逃げ水のように揺らしているのは
視覚化された記憶
あれら

理不尽な静寂

疎林へ

ちち　ちち
すずめの姿をした最後尾の精霊たちが
先ほど
脇をすり抜けて行った
空になった林
集合の時刻はとうに過ぎている

信号を待って街を横切り

橋を渡り
果樹園に入り
寺院に詣で……
そんな旅行は終わったのだ

この　落葉を終えた疎林の彫像の内部へ
下りて行こう
どこから来て　どこへ
希薄になった時間のなかで　もう誰も問いはしない
目をこらして見えて来るものなどありはしない
手をさしだして触れて来るものなどありはしない

この　落葉を終えた疎林の彫像の内部へ

住みついている蝙蝠の息づかいや　羊歯のそよぎの向こうへ
下りて行こう

粉雪は

肉体の稜線をけずり
粉雪は
わたしの目を覆って急いで飛ぶ

長いスカートの下で靴を電柱に打ち付け　雪を落とす女がいた
歯せせりをし　木魚をみがく僧侶がいた
音たてて　ページをめくる青年がいた
そんな

これまでのわたしのたくわえて来た風景を
みんなこそげ

わたしのうしろから来て
わたしが追いつけはしない早さで
前へ前へ

粉雪は飛ぶ

あれらはどこへ

あれらはどこへ
浮游する近しい何か
友人や肉親や
ときには作品でさえあったかも知れぬ
あれらはどこへ

見えはしないが居り
あれらの向こうをぼくは気にかけていればよかった

あれらはどこへ

唇色のヘルペス
析出された妖怪譚の構造
その反復
表現を与えられるということのむごさはどうだ
ぼくは向こうを失い
ここから溶け出して行くのを感ずる

*

鳩は

鳩は
わたしの視野のうしろからあらわれ
庭の枯枝を拾って
虚空へたつ
陽は
屋根に傾いて
不器用な巣づくりを照らし出す
すると
わたしがそこで花を育て

知人をもてなし
おのれにいらだち
とりとめのない話題にまみれ
死をみとり
存在するものの気配を感じてきた
家
の
雨ざらしの柱
の
萎縮した年輪は
記憶をとりちがえてしまうのだ
わたしは
急いで
日記を書き直さなければならない

鳥の伝説

鳥は
枝に来て
羽をたたむと
ふり向いて
おのれの飛跡をたしかめる

風の粒だつこの季節
聖なるひかりが

見えない飛跡をなぞって
さざ波のように降りて来るという伝説を
鳥は信じて待っている

眼下には
見捨てられた集落

地を這う影に向かって
鳥は尋ねる
おまえが見たのは
執着か
背信か
それとも逸脱

いいえ
わたしが見たのは
幼年の日の紙飛行機
祭り囃子
それから
風に散る文殻の灰
ああ　それから
自死を選んだ人の落下

鳥は考える
自分史の挿絵は
まだ乾いていないのかも知れない

不在

隧道のなかに
紙が舞っていたのは
黒いアーチ型の虚空に向かって
なにかを告げようとしていたにちがいない

通り抜けて
わたしが行き着いた建物では
門は閉じられており

彫金の表札も
白い窓も
なにも語りはしなかった
衣服のように揺らぐものが見える
楽器のようにそれはたしかに鳴っている

君の不在

かりに隧道まで引き返したところで
紙はもう埋もれているだろう

—一九九五年二月　喜多行二病没—

幸せな空間

庭の隅の
たとえばひいらぎの根もとの
地蜘蛛の袋を伝ってにじみ出る
透明な揺らぎ

かつてわたしが親しみ
いつくしみを受けたものたちから
その不在とひきかえにとどけられる

言葉のように分明ではないが
しかし
説得的な空間

夏の終わり
虫たちはここへ来てひとしきり羽根をふるわせ
やがて去って行った
蜥蜴は
小春の陽にしばらく肌をさらし
小さな盛り土に変わった

「あら、ちょうちょ……」
今朝のことだ

妻の声にふり向くと
こぼれた山茶花のひとひらが
ちょうどここを横切るところだった

理不尽な不在とひきかえに
地上のものたちには
選ぶことの出来る空間が用意されている

探しもの

探しものをして
わたしは
みずうみのほとりを歩いていた
靄がたち
道は消えていた

七夕の短冊が流れ着いていた
そうか

わたしは
流れ着くものを探していたのだったか
文字はにじんで読み取れない
そこにいた幼女にわたしは尋ねる
幼女はふり向いてこう言った
　〽ここ　あたしの食堂
そうか
意味なぞ尋ねるなって

幼女は砂を掘る
白く　また紫に散る貝殻
それを並べて
幼女はテーブルをセットする
幼女はふり向いてこう言った

〽王女様のお皿が見つからないの
そうか
わたしは
王女様のお皿を探していたのだったか

わたしはけんめいに砂を掘る
幾層にも重なる貝塚の発掘が
わたしをとりこにする
しかし
幼女の答えはいつまでもノン
幼女はふり向いてこう言った
〽銀のお皿が見つかったら
ディナーのはじまりを告げましょう
そうか

わたしは
過去を探していたのだったか

わたしはけんめいに砂を掘る
にじみ出る水
幼女はふり向いてこう言った
〽これ　あたしのヨット
　王子様を迎えに　もうじき船を出しましょう

そうか
幼女に
過去も未来もありはしない
短冊に彼女が書いた言葉は　きっとこうだ
〽おしろのおへやで　くらせますように

そうか
わたしが探していたのは
言葉でもなければ意味でもない
感情や思想などでもけっしてなくて
過去や未来や
時間にとらわれることのない
なにか

帰郷

ほたるは飛んで来て
わたしの肩にとまると
息を継ぎ
やがて飛びたった
するとまた飛んで来て
同じように息を継ぎ
またたった
同じ個体であったかどうかは分からないが
わたしは何かを語りかけられたと確信した

わたしは日没前からずっと歩いていた
脇に小川を感じながら歩いていた
川は草に覆われ　道は消えていた
幼時　腹ばいになってハヤの背に見入った記憶がよみがえる
あの土橋はもう渡ったろうか
向こうに浮いているのは
山門か
あのきざはしを上ったら
わたしの幼年期の原型がたどれるか

川はそこを迂回していた
立ちのぼるものがある

と
とつぜんに
ほたるが湧きたったのだ

かれらはせわしく
力を尽くして語ってやまぬ
わたしがそこに置いて来た
そしてふり返ろうとしなかった
土橋の向こうの
記憶の断片

脈絡のないのが救いだが
わたしはけっしてそれを聴きに来たのではなかったので
怖れた

たけのこの皮

坂の手前で小休止になった
みんな冗舌だった
わたしは
どこで拾ったたか
一枚のたけのこの皮を持っていた
なぜ棄てずにここまで
誰かが問い
誰かが答えながら通り過ぎて行った

それが躇いがちにおまえのそばを去らずにいるのは
おまえのそばが気に入っているからだ
おまえは必要とされており
委託されている

それはわたしのそばのすべてのものか
それとも選ばれたものたちか
いぶかしむわたしをそのままに
わたしは一枚のたけのこの皮を持っていた

少年たちは
たけのこの皮を三角に折り

梅干しを入れてしゃぶりながら
並んで
飢えを飼い馴らし
冗舌だった

老いてのち　同じことを試みたことがある
したたる汁のほんのりとした酸味が
贅のきわみに思われた

わたしは記憶を追って皮を折る
この三角の暗い空間に
あらためて　何を入れることがあろう
これがいまのわたしの視野なのだ

隙間を　細いひかりが漏れて来る

かざし見てわたしは立ちくらむ
ほんのりと酸味したたらせるはずの
あの隙間の向こうに
飼い馴らされた冗舌な飢えたちが並んでいるはずの
あの隙間の向こうに
目をこらし続ける勇気のない
記憶の曠野

躇いがちに
わたしのそばを去らずにいたのは
おまえだったのか

風が
暗い内部へ
内側のわたしへ
吹き込んで来る

やがて雪は舞い　積もり
何も見えなくなるだろう

水が流れている
日射しがある
隠されていた何かが運ばれて来る

それが躇いがちにおまえのそばを去らずにいるのは
おまえのそばが気に入っているからだ
おまえは必要とされており
委託されている

誰かが呟いて通り過ぎる
小休止は終わった
みんな寡黙に坂道をのぼりはじめた
わたしも腰をあげる

引用の詩句は、リルケ「ドゥイノの悲歌」（高安国世訳）によった。

あとがき

詩を読み込む面白さを知ったのは森亮先生の「西洋詩の伝統」という講義がきっかけだった。たとえば「ルバイヤット」。フィッツジェラルドの英語訳と先生の古典語訳とが重なったその向こうにぼんやりとわたしのオーマー・カイヤムが浮かんで来る。その揺らぎは、訓詁を重ねて万葉歌を立ち上げる手続きなどを学びはじめていたわたしに魅惑的だった。

牛尾三千夫先生の手ほどきで田植歌と田植本を求めて山あいの村々を歩いた時期があった。伝承の断片にも詩を聴こうとされる先生の姿に惹かれた。この詩集の、とくに第一部の作品のいくつかは、そのおりの体験に負うている。

喜多行二に誘われて詩誌「光年」の創刊に加わり、詩を書きはじめたが、詩が内から湧いてくるような体験はわたしには訪れず、自らに課すようにして書くことが多かった。自分なりの詩を感ずるようになったのは二〇年ばかり経ってからだった。詩は青春の産物、ということはわたしには当てはまらなかった。

二〇一七年八月　　坂口　簾

坂口簾（さかぐち　れん）

一九三四年一月　島根県松江市に生まれる。（本名　田中瑩一《えいいち》）
一九五六年七月　喜多行二、河原立男と島根県出雲市にて詩誌「光年」を創刊、同誌に詩と評論を発表してきた。九五年喜多没後は発行拠点を松江市に移し、
二〇一七年三月、第一五一号（終刊号）まで継続刊行した。
二〇一七年八月　詩誌「践草詩舎」（松江市）の創刊に参加。

＊

編著　『喜多行二全詩集成』（二〇一七年三月、「光年」の会刊）

現住所　〒六九〇-〇八四五　島根県松江市西茶町二六-五〇二

鈴と桔梗＊著者坂口簾＊発行二〇一八年一月三〇日初版第一刷＊発行者鈴木一民発行所書肆山田東京都豊島区南池袋二—八—五—三〇一電話〇三—三九八八—七四六七＊装幀亜令＊組版中島浩印刷精密印刷ターゲット石塚印刷製本日進堂製本＊ＩＳＢＮ九七八—四—八七九九五—九六四—五